Femme Latine Soumise

Collection de domination érotique

Erika Sanders

ERIKA SANDERS

Femme Latine Soumise

Erika Sanders
Série
Collection de domination érotique

Synopsis

Julieta est une femme d'affaires latine, prospère et dominante qui fantasme sur ce qui pourrait arriver si au lieu d'être dominante, comme elle était au travail, elle était dominée.

Un jour, il rencontre Paul qui commence à lui montrer la facette de la soumission qu'il veut tant essayer ...

Femme Latine Soumise est une histoire avec un fort contenu érotique BDSM et, à son tour, appartenant également à la collection Erotic Domination and Submission, une série de romans à fort contenu BDSM.

(Tous les personnages ont 18 ans ou plus)

Note de l'auteure:

Erika Sanders est une écrivaine de renommée internationale, traduite dans plus de vingt langues, qui signe ses écrits les plus érotiques, loin de sa prose habituelle, de son nom de jeune fille.

Indice:

FEMME LATINE SOUMISE (DOMINATION ÉROTIQUE)
ERIKA SANDERS

Juliette a reçu d'autres instructions dans une lettre.

C'était une enveloppe blanche avec "Confidentiel" écrit en gras.

Les jambes de Juliette ont commencé à vaciller avant qu'elle ne puisse ouvrir l'enveloppe.

Il se souvenait avoir parlé à Paul hier soir.

Quel sera votre prochain plan audacieux?

De leur relation au cours des derniers mois, elle gagnait de nouvelles perspectives sur elle-même et sa sexualité.

Avant que Paul ne soit présenté, il pensait en savoir beaucoup sur le sexe.

Mais depuis sa relation avec Paul, elle avait commencé à faire beaucoup de choses qu'elle n'avait jamais imaginées auparavant.

Elle avait oublié plusieurs de ses idées fausses sur elle-même.

Avant de rencontrer Paul, elle pensait être complètement satisfaite du sexe.

Mais elle s'est vite rendu compte qu'elle n'était pas satisfaite de ce qu'elle faisait.

Il lui avait bandé les yeux lors de leur deuxième rendez-vous.

Julieta n'aurait jamais imaginé à quel point notre corps peut devenir sensible lorsque nous ne pouvons pas voir.

Chaque membre était asymptomatique au toucher, et elle était envahie par la curiosité de savoir quel point allait être touché ensuite sur son corps.

Il sentait que chaque contact de son corps devait durer éternellement et il avait du mal à apprécier chaque contact.

La fois suivante, Paul a attaché ses membres au lit.

Sentir que nous sommes impuissants «émotionnellement, quand nous voyons notre propre corps nu, notre partenaire l'apprécier, et nous ne pouvons rien faire, nous ne pouvons pas résister, nous ne pouvons rien éviter nous-mêmes, ce sentiment est très différent.

Vous utilisez son beau corps juvénile à votre guise, devant vos yeux ... et vous voulez juste ressentir ce que cela vous fera.

Sentiments mixtes d'impuissance et d'excitation.

Ils jouaient constamment à ces nouveaux jeux et elle appréciait tous ces jeux au maximum, appréciant la créativité de Paul.

Fait intéressant, Juliet, qui croyait que sa nature était agressive et dominatrice, abandonnait facilement Paul dans le jeu de la romance.

Non seulement cela, elle adorait se donner complètement, lui donner son corps, faire ce qu'il ferait, faire ce qu'il lui disait de faire.

Elle commençait à sentir que quelqu'un devait la dominer, lui faire faire n'importe quoi.

Ce changement de nature l'avait prise par surprise.

Hier soir, Paul avait dit que l'audace de demain serait le point culminant du match jusqu'à présent.

«Vous entendez tout ce que je dis, n'est-ce pas? Il avait demandé.

La soumission lui était venue simplement en lui demandant.

«Oui, Seigneur, je ferai ce que tu me dis,» répondit-elle doucement.

Elle pouvait parler très doucement, mais cette découverte n'a commencé que lorsqu'elle a rencontré Paul.

"Eh bien, demain, vous recevrez une lettre dans votre bureau. Cette lettre contiendra d'autres instructions pour vous."

... et maintenant il avait vraiment cette lettre dans sa main!

Les mains tremblantes, il brisa le sceau de la lettre.

Que serait écrit dessus?

Quel sera le prochain plan audacieux de Paul?

Que devrais-je faire pour lui aujourd'hui?

Un peu effrayée, un peu gênée aussi, elle a commencé à sortir le papier blanc à l'intérieur de l'enveloppe, à voir et à lire ...

"Esclave

1. Préparez-vous pour notre match de ce soir à huit heures, soyez courageux.

2. Vous devriez vous habiller comme ceci: pantalon rouge doux, chemisier assorti, culotte-soutien-gorge assorti, boucles d'oreilles dorées dans les oreilles, ceinture argentée et chaussures à talons hauts.

3. Une Mercedes viendra vous chercher à huit heures. Le chauffeur saura où aller. Il vous donnera plus d'instructions plus tard. Tout comme vous suivez mes instructions maintenant, vous devez également suivre ses instructions la nuit.

4. De plus, vous ne prendrez rien d'autre puisque vous n'en aurez pas besoin. Vous n'avez pas besoin de sac ou de quoi que ce soit d'autre. "

La poitrine de Julieta palpitait d'excitation jusqu'à ce qu'elle ait fini de lire les instructions.

Excitée par ce qui allait se passer aujourd'hui, elle a commencé à se mouiller.

Paul, un dress code, huit heures du soir, chauffeur Mercedes ... rien de plus.

Il réussissait toujours à la distraire au travail.

Un peu effrayant, un peu d'excitation, un peu de plaisir, beaucoup de curiosité ...

Jusqu'à présent, aussi audacieux que soient leurs jeux, ils avaient été joués dans des lieux «privés».

Parfois chez Juliette, parfois chez Paul, et une fois à l'hôtel.

Mais elle se rendrait seul à Paul ... mais aujourd'hui elle rencontrerait une troisième personne, le conducteur de cette Mercedes!

Paul a-t-il donné au conducteur des instructions audacieuses?

Paul a dit, vous devez obéir à tout ce que dit le chauffeur ...

Que se passe-t-il si le chauffeur lui demande de retirer ses vêtements dans la voiture?

Ou s'il lui demande de l'embrasser assis dans la voiture?

Ou si vous l'inclinez en conduisant ... ??? Oh mon Dieu

Pourquoi a-t-elle confessé tout cela à Paul?

A-t-elle fait une erreur en lui faisant tant confiance?

D'une part, avec de tels doutes en tête, elle croyait également que Paul ne permettrait à aucune situation de se produire qui la mettrait en danger.

Elle se sourit, réalisant que l'idée que le chauffeur la force à se déshabiller était aussi terrifiante que passionnante.

A huit heures, Juliette s'était habillée et déshabillée trois fois.

Au début, il portait un pantalon rouge, mais ce n'était pas doux.

J'ai l'air bien comme ça, pourquoi devrais-je lui prêter autant d'attention ...

En disant cela, sans s'en rendre compte, il avait enlevé son pantalon et recherché un rouge plus doux.

Puis il a commencé à chercher les boucles d'oreilles en or.

Il n'avait jamais eu la chance de porter ces boucles d'oreilles car il avait l'habitude de porter un jean et un t-shirt, mais Paul avait dit une ou deux fois qu'il les aimait beaucoup.

Curieusement, elle ne se souvenait pas quand elle avait dit à Paul qu'elle avait une ceinture d'argent.

Mais il avait écrit la même chose dans sa lettre, donc il devait le savoir, c'est sûr.

Tout en appréciant mentalement son intelligence ...

... L'horloge sonna huit heures et une voiture klaxonna sur la route.

Julieta descendit les escaliers en courant et regarda à travers le judas de la porte d'entrée.

Devant la porte se trouvait une longue Mercedes noire.

Elle retira son sac de son épaule et le jeta sur le canapé du couloir, verrouilla la porte d'entrée, déverrouilla la porte et se dirigea vers la Mercedes.

Le chauffeur en uniforme lui a ouvert la porte arrière.

Le conducteur était d'âge moyen et en apparence.

Elle s'assit à l'intérieur, se demandant s'il lui donnerait déjà des instructions.

le conducteur a très poliment fermé la porte, s'est assis et a démarré le moteur.

Comme prévu, rouler dans une Mercedes était vraiment confortable, mais cela ne le dérangeait pas.

Maintenant, ce pilote vous dira quoi faire, comment et si vous voulez vraiment obéir à ce qu'il dit ...

Beaucoup de ces pensées bouillonnaient dans son esprit.

La Mercedes a filé dans les rues animées de la ville.

Petit à petit, le trafic environnant est devenu moins dense et il s'est rendu compte qu'ils avaient quitté la ville et pénétré dans la zone industrielle.

Les usines et les immeubles de bureaux de chaque côté de la rue étroite ne semblaient pas familiers.

Soudain, le conducteur a ralenti la Mercedes et est entré dans un terrain qui semblait abandonné.

Bien que la vitesse du véhicule ait été suffisamment lente pour entrer par la route principale, elle n'était pas assez lente pour lire les lettres sur le panneau à l'extérieur du colis.

À l'intérieur de l'intrigue, Juliette aperçoit une cabine de vigile avec une vieille porte délabrée.

Le chauffeur a arrêté la voiture et est sorti.

Il revint et ouvrit la porte à Juliette.

Dès qu'elle est sortie, il a fermé la porte et l'a attrapée par le cou et l'a conduite à la cabine Vigilante effondrée.

Juliette n'avait pas encore entendu la voix du chauffeur.

Cette cabine de quatre pieds sur quatre avait un comptoir à l'avant.

Le jeune homme assis au comptoir dit au chauffeur:

"Merci mon ami, à la prochaine fois."

Le conducteur a juste souri et a rapidement tourné et est parti.

Maintenant, Julieta était seule devant ce jeune homme inconnu mais beau.

Il y avait de la magie dans son sourire.

"Juliette, n'est-ce pas ton nom? Suis-moi," ordonna le jeune homme.

Juliette le suivit attentivement.

Les deux sont entrés dans une pièce ressemblant à un bureau à l'arrière du bâtiment à moitié en ruine.

Il n'y avait rien dans la chambre mais une table et des chaises dans le coin.

"Êtes-vous prêt pour l'aventure unique d'aujourd'hui Juliet?" Il a demandé à devenir sérieux.

"Euh? Peut-être ..." dit Juliette en devenant un peu nerveuse.

"Eh bien," dit-il en souriant mystérieusement, "à tous ceux qui vous donnent des instructions ce soir, vous les suivrez attentivement. Sans aucun doute ... et sans demander à personne. Certaines des suggestions seront étranges ou étranges, mais croyez-moi, vous sera plus heureux. si vous suivez les instructions. Alors faites ce que l'on vous dit, sans honte, peur ou peur. "

"Ok. Que dois-je faire?" Demanda fermement Juliette.

En regardant le corps sexy de Juliette, il a dit:

«Écoutez donc. Commencez par enlever vos vêtements.

"Tout?" Demanda Juliette avec hésitation.

"Non," dit-elle avec un sourire malicieux, "enlève tout sauf la culotte, les boucles d'oreilles, la ceinture argentée et les talons."

Juliette ne savait pas si elle avait bien entendu les instructions.

Il lui avait donné des instructions avec des mots très clairs et d'une voix élevée.

Cependant, Juliette a estimé qu'il n'avait pas été en mesure de dire quoi que ce soit de cela.

Même après avoir digéré sa suggestion avec beaucoup d'efforts, elle attendait toujours qu'il quitte la pièce ...

Elle pensa qu'elle devrait au moins lui tourner le dos.

Bien sûr, Juliette savait qu'elle attendait beaucoup, mais quand même ...

Dans un accès de rage, il baissa son pantalon, laissant sa ceinture.

Elle déboutonna le premier bouton de son chemisier et le regarda pour lui montrer que tu n'es pas moins dans cette situation.

Mais dès qu'elle remarqua que son regard glissait alors qu'elle enlevait un autre bouton, elle se regarda par inadvertance.

Elle était gênée de voir le soutien-gorge rose très serré qui était clairement visible après que deux boutons se soient détachés du haut.

Ses seins charnus et doux luttent pour sortir de lui.

Excitée, elle se mit à respirer de plus en plus fort, et ses seins déjà rebondis semblaient gonfler.

Sans perdre plus de temps, elle déboutonna tous les boutons manquants de son chemisier.

Dès qu'il enleva le pantalon de ses pieds, elle lui jeta un coup d'œil et retira son chemisier serré à la ceinture des deux mains.

Puis, les repoussant et bien sûr gonflant encore plus sa grosse et belle poitrine, elle a également retiré les crochets du soutien-gorge.

Mais pendant quelques instants, elle resta dans la même pose et le regarda.

Il s'avança, regardant ses seins gonflés.

Se rendant compte qu'il n'y avait pas d'échappatoire, Juliette roula des yeux, prit une profonde inspiration et retira lentement son soutien-gorge à deux mains.

Elle n'avait pas le courage de le regarder dans les yeux maintenant.

Et puis il s'est rendu compte qu'il attendait toujours qu'elle sorte ou lui tourne le dos.

Mais elle aurait pu lui-même tourner le dos alors qu'elle se déshabillait devant cet étrange jeune homme!

Mais elle avait effrontément enlevé ses vêtements un par un devant lui ...

Elle était encore plus gênée par cette pensée.

"Pliez vos vêtements et mettez-les sur la table," Julieta reprit conscience à sa prochaine suggestion.

Elle ouvrit les yeux, mais, évitant son regard, elle ramassa le pantalon, le chemisier et le soutien-gorge qui roulaient le long de ses jambes et s'approcha de la table.

Les pliant soigneusement, elle les posa sur la table et se tint devant lui, mais pas loin derrière.

"Maintenant, retournez-vous et tenez-vous les deux mains en arrière," ordonna-t-il à nouveau d'une voix sérieuse.

Maintenant, tournant le dos, se demandant à quoi cela servirait, elle se retourna et fit un signe de ses deux mains comme si elle était devenue très paresseuse.

Elle hocha la tête, le sentant venir vers elle.

Ses poignets délicats ont été touchés par du métal froid alors qu'elle pensait à ce qui allait se passer ensuite.

Quelle nouvelle chose est-ce, elle a demandé, jusqu'à ce que quelque chose clique et les deux mains soient prises dans la même pose qu'il lui avait dit.

Oh mon Dieu. Vous êtes ici dans un endroit inconnu, avec un homme inconnu, en ce moment, dans un tel état ... et maintenant si sans défense !!

Peu de vêtements sur le corps, pas de téléphone à proximité, pas de sac ...

À quoi serviraient-ils?

Les deux mains étaient coincées dans des chaînes par derrière.

Paul n'est pas en vue.

Et ce jeune homme étrange mais beau se rapproche si près de vous ... stupide!

Tu es stupide, Juliette.

Pourquoi les gens croient-ils si aveuglément?

Et cela aussi chez une personne comme Paul ... à quel point le connaissez-vous?

Que va-t-il vous arriver maintenant.

Oh mon Dieu, qu'est-ce que j'ai fait ...

"Allez," dit-il, n'attendant pas qu'elle marche, mais se tenant à ses chaînes et marchant vers la porte.

Il était inutile de protester.

Dès qu'elle fut sortie, un souffle d'air froid balaya Juliette et des larmes lui montèrent aux yeux.

Il marchait à pas lourds.

Il l'a presque traînée dans le parking sombre.

Dans un tel état à moitié nu, il a également senti le soutien de cette obscurité, mais ...

Mais qu'est-ce que c'est?

La honte de son propre corps à moitié nu, de sa propre impuissance, de la compagnie involontaire de cette jeune inconnue, alors qu'elle avait peur, l'excitait aussi impuissante.

Elle avait honte de ressentir les douces sensations qui avaient lieu couvertes par le seul vêtement qui restait sur son corps.

Elle ne savait pas exactement à quoi vous pensiez.

Même si son corps était froid, elle avait chaud en quittant la pièce et dans le parking, avec le contact de son corps en marchant et la forte prise de la barre de manille.

Ses tétons en chocolat noir se resserrèrent et commencèrent à lui faire mal à cause de l'air froid.

On aurait dit qu'il tenait la barre avec ses deux mains très fermement ... mais elle avait les deux mains coincées derrière son dos.

Et puis ce qui lui arriverait s'il avait les deux mains libres.

S'il lui pinçait les tétons raides avec la même force qu'il tenait sa barre ...

Juliette était terriblement surprise par ses propres pensées.

A quoi pensiez-vous il y a quelques instants?

A cause de cette impuissance, de la honte, les larmes venaient d'atteindre ses yeux.

Maintenant, le contact de la main rocheuse de cet inconnu devrait toucher notre partie la plus intime, la pensée ... ou le désir ...

Dieu!

Qu'est-ce qu'il m'est arrivé

Quelles pensées vous viennent à l'esprit?

Paul, où es-tu, maléfique?

Vous ... vous m'avez fait comme ça!

Serai-je capable de me regarder dans le miroir demain ou pas?

Il y avait une petite porte au bout du parking.

L'étranger ouvrit la porte et poussa Juliette à l'intérieur.

C'était comme une grande chambre vide.

Julieta plissa les yeux et essaya de regarder autour de lui, mais tout était sombre à l'exception de la lampe qui pendait au milieu de la pièce.

Il la tira de nouveau et la plaça sous la lampe.

Son beau corps, qui avait été couvert de ténèbres depuis si longtemps, était à nouveau exposé.

Embarrassée et soudain la lumière dans ses yeux, elle essuya ses yeux avec force.

Quelques instants passèrent dans un silence extrême.

Il n'y a pas de mouvement, il n'y a pas de mouvement.

Je me demande s'il m'a laissé ici ...

Elle sentit son toucher effleurer sa taille linéaire.

Une ou deux fois, le contact se déplaça lentement des deux côtés de sa taille vers ses aisselles, puis glissa vers le bas et glissa le long des bords de sa culotte.

Julieta s'essuya les yeux comme si elle savait ce qui allait se passer ensuite.

Les doigts de ses deux mains abaissèrent les bords de sa culotte rose.

Sa culotte se coinça quand ils atteignirent ses cuisses.

Les mains liées dans le dos, il ne pouvait rien faire.

Les doigts de sa main gauche s'avancèrent par derrière avec autorité et se mirent à abaisser le devant de sa culotte, les pinçant, touchant son vagin mouillé.

L'instant suivant, le dernier vêtement sur son corps, bien que nominalement, tomba à ses pieds.

«Mettez-les de côté», résonna sa voix puissante dans ce vide.

Il relâcha ses jambes de sa culotte sans réfléchir.

Maintenant, elle était complètement nue, nue, nue.

Sans oublier, il restait quelques choses sur son beau corps: des boucles d'oreilles, une ceinture en argent et des talons hauts.

Bien sûr, rien de tout cela n'a permis d'éviter l'embarras, mais elle a commencé à penser à elle-même alors qu'elle faisait face à la situation dans laquelle elle se trouvait.

"Reste toujours là," dit-elle, donnant l'ordre suivant.

Bien que Juliette ait ouvert les yeux maintenant, elle ne voulait pas lui désobéir.

En pensant à ce qu'il faisait, il l'entendit pousser quelque chose.

Elle regarda vers la droite et le vit.

Il poussait quelque chose à roulettes vers elle.

C'était une table.

La table était à peu près à la taille.

Des lanières en cuir étaient attachées sur la table.

Il a amené la table juste devant elle.

Puis, l'entourant à nouveau, il la poussa en avant et la pencha sur la table.

«Écarte les pieds, Juliette», ordonna-t-il.

Elle bougea docilement les deux jambes légèrement chacune sur le côté.

«Plus encore,» cria-t-il, et elle se leva les deux jambes grandes ouvertes.

Maintenant, son vagin mouillé touchait le cuir sur la table.

Dès que ses jambes ont rencontré les jambes de la table, il a lié ses deux jambes étroitement avec les lanières de cuir.

Il lui était désormais impossible de bouger.

L'entourant, il libéra ses mains des chaînes.

Il sourit et se tint devant elle.

Alors qu'elle regardait son corps nu, les yeux de Juliette s'abaissèrent automatiquement d'embarras.

Il a continué à donner des ordres.

"Descends et touche tes orteils."

Quand elle se pencha, il se pencha en avant et attacha ses mains à ses jambes.

Peu importe à quel point elle était courageuse, Juliette était terrifiée par cet état d'impuissance.

À ce stade, elle était incapable de bouger seule.

Son vagin humide et ses fesses pleines étaient complètement exposés devant «cet» inconnu.

Non seulement cela, mais son vagin, et même son trou du cul, devaient lui être visibles maintenant.

Elle essayait de contrôler sa respiration, se demandant ce qu'il ferait ensuite.

Pendant une minute, elle ne remarqua aucun mouvement de sa part, mais elle réalisa ensuite qu'il était très près d'elle.

Et en même temps, il ressentait une touche très familière, mais dans un endroit inattendu ...

Vaseline! Oui, c'était de la vaseline.

Il a frotté de la vaseline dans son trou arrière avec un doigt enduit.

Il l'étala autour d'elle pendant un moment puis inséra son doigt dans son anus.

Juliette retint son souffle pendant un moment.

Avant de rencontrer Paul, elle n'était au courant d'aucune autre utilisation de son trou anal que d'habitude.

Elle avait l'habitude de se sentir bouleversée lorsqu'elle voyait le sexe anal dans une vidéo porno avec Paul.

Il criait après Paul et le forçait à passer la scène.

Mais une fois qu'il avait attaché ses bras et ses jambes au lit et lui avait appris le type de sexe dominant, il avait inséré un bouchon en caoutchouc dans son anus, malgré son opposition.

Juliette, qui criait au départ, a accepté ce genre de plaisir en un rien de temps.

Après cela, chaque fois que Paul descendait pour lui lécher le vagin, elle commençait à le supplier d'insérer au moins un doigt derrière elle.

En fait, Paul aimait vraiment faire ça comme ça, mais juste pour ennuyer Juliette, il lui rappelait son rejet et son dégoût ...

Mais aujourd'hui, alors que le doigt de cet inconnu circulait librement dans son entrejambe et son anus, il avait beaucoup d'émotions en tête.

Elle était en colère contre sa propre impuissance.

L'intrus l'ennuyait pour cette avancée flagrante.

Elle détestait Paul pour l'avoir mise dans une telle situation.

Il y avait des larmes dans ses yeux à cause de la douleur quand son doigt pénétra à l'intérieur.

Et en même temps, elle a été excitée quand elle a réalisé que le doigt d'un inconnu bougeait dans son anus dans un endroit étrange.

Après avoir poussé son doigt dans et hors de son trou pendant un moment, il a inséré de force un bouchon en caoutchouc épais dans son trou.

Bien que la vaseline réduise quelque peu l'inconfort, la taille du bouchon était beaucoup plus grande que la taille de son trou.

Mais Juliette ne pouvait rien faire d'autre que protester.

Juliette essayait d'arrêter de pleurer et de prendre une profonde inspiration, à ce moment-là ...

Quand le bouchon a été complètement inséré à l'intérieur, il a frappé son cul endolori et s'est éloigné d'elle.

Le cri étouffé de Juliette suivit le son du "crack" qui résonna dans toute la pièce.

À ce stade, il est devenu très en colère contre Paul.

Il a dû raconter à l'étranger plusieurs choses qui sont très privées entre eux.

Bien sûr!

D'ailleurs, comment cet homme pourrait-il savoir que Juliette, qui est toujours en charge au travail, aime être dominée dans le sexe?

Même si elle pleurait alors que son doigt se déplaçait sur son anus, elle devait savoir qu'elle adorait se faire fourrer.

Et maintenant, sans se soucier de la douleur physique qu'elle traversait, et sans prévoir quelle serait sa réaction, elle était convaincue que Paul avait dû tout lui dire à cause de la force avec laquelle il lui avait donné une fessée.

Paul lui avait également appris le truc pour soulager une douleur extrême.

Dans le monde extérieur, Juliette ne pouvait pas supporter la voix forte de l'homme en face d'elle.

Mais dans ce monde privé, son plus grand fantasme était que quelqu'un puisse la torturer, la forcer physiquement.

Profitant de cette information, il s'est mis en colère et en même temps très excité quand il s'est rendu compte que cet homme jouait avec son corps.

Avec toutes ces pensées en tête, cependant, il continua de lui lancer un fouet.

Ses fesses pâles étaient maintenant rougeâtres comme des cerises et chaudes comme l'enfer.

Après dix ou quinze coups, il jeta le fouet de côté et commença à donner une fessée aux fesses rougeâtres de Juliette.

Après de nombreuses tortures, Juliet a commencé à vouloir le serrer dans ses bras.

Il s'arrêta et se tint devant elle juste au moment où elle voulait que ses mains reviennent là-bas un peu plus longtemps.

Se penchant et relâchant ses mains, il la redressa.

Il prit sa main délicate dans la sienne et la souleva.

Juliette vit une corde solide pendre d'en haut.

Il attacha soigneusement ses deux mains et les enveloppa dans la corde.

Il a glissé et est tombé sur le côté.

La corde était attachée à travers le pont depuis le toit.

Il détacha la corde de sa prise, la prit dans sa main et commença à la tirer fort.

Le corps de Juliette était hissé et hissé avec la corde tirant ses bras.

Juliette le laissait tirer sur son corps sans aucune résistance.

Il a continué à tirer sur la corde jusqu'à ce qu'il la soulève par les deux talons.

Maintenant, Juliette se tenait sur les orteils de ses talons hauts, balançant son corps, mais pas pendante.

Il noua à nouveau le bout de la corde et se tint devant elle.

La poitrine entière de Juliette était maintenant droite alors qu'elle avait les deux bras levés.

En regardant d'en haut, ses propres mamelons avaient également l'air un peu trop inclinés.

Et puis, faisant tournoyer ses doigts sur les cernes autour de ses mamelons, il a soudainement saisi les deux mamelons pointus avec une pincée et les a tirés fort.

Criant volontiers, Juliet trébucha là où elle se tenait.

Ses cuisses étaient également limitées dans ses mouvements car ses jambes étaient attachées en bas et ses mains en haut.

Il a continué à tirer et à relâcher ses mamelons avec le pincement de ses doigts.

Lentement, Juliet recommença à s'exciter.

Elle essuya ses yeux, ramena son cou en arrière et déplaça son corps vers lui.

C'était comme s'il voulait cette pincée douloureuse encore et encore.

De là, il a pris une petite quantité de crème rouge sur ses doigts.

Doucement, il frotta la pommade autour de ses mamelons.

Il plongea à nouveau ses doigts dans le tube et prit un peu de crème.

Maintenant, sa main descendit et commença à toucher son vagin.

Trouvant son vagin à travers ses cheveux fins, il y enduisit également la crème.

Puis il revint et frotta le bouchon en caoutchouc de couleur crème sur son anus.

Julieta était très excitée par le contact de cette crème froide sur ses trois organes «privés».

Mais après quelques secondes, la crème froide a commencé à la réchauffer.

Et petit à petit, il a commencé à démanger à l'endroit où il appliquait la crème.

Elle avait hâte que quelqu'un lui serre les seins.

Elle a essayé de libérer ses mains pour appuyer sur ses propres seins, pour resserrer ses propres liens rigides.

En ce moment, elle avait besoin de ses doigts rocheux, de ses tétons léchés et de son vagin qui démangeait ...

Et en même temps, il a senti le toucher de cet objet vibrant.

Paul lui avait donné un vibromasseur moyen, mais à ce jour, elle ne l'a jamais utilisé seule.

Paul avait l'habitude de travailler le vibrateur seul avec elle.

Mais maintenant, le vibromasseur, qui avait pénétré son vagin qui démangeait, semblait trop gros.

De plus, ses vibrations étaient beaucoup plus fortes que ce à quoi je m'attendais.

Bien que les deux jambes soient liées, elle étirait ses cuisses pour faire autant de place que possible pour le vibrateur.

Il rampa d'un pouce, anticipant son délicat vagin.

Cependant, Juliet était tellement excitée par la crème et la situation en général qu'elle poussait tout son corps en avant et essayait de faire entrer le vibromasseur à l'intérieur.

Quand il a pris le vibromasseur épais dans son intégralité, il tremblait en profitant de sa vibration.

Les deux jambes attachées.

Je tire les deux mains liées.

Dans un lieu aussi inconnu, Juliette ressentait la joie de vivre suspendue complètement sans défense, nue, excitée devant un inconnu.

Un bouchon serré dans son anus et un vibrateur remplissant son vagin.

Les mamelons sont allumés par cette crème rouge sur le dessus.

Elle voulait sincèrement que l'étranger la mordille, la mord et écrase ses fesses charnues et dodues.

Il avait l'impression que les deux objets dans les deux trous avaient pénétré profondément dans son corps.

Il n'avait jamais cessé de pousser le vibrateur, mais Juliette elle-même essayait de le faire entrer.

Refermant les deux trous, tirant les poignets et les chevilles au point de tension, il étira tout son corps et avec un grand cri atteignit l'apogée du bonheur.

Pour la première fois de sa vie, ce moment dura longtemps.

Les muscles de son anus ont commencé à se resserrer tandis que ses muscles vaginaux ont commencé à s'affaiblir.

Et avant que la première vague d'excitation ne s'apaise, son corps se raidit à nouveau.

Elle a eu un deuxième orgasme consécutif en raison du bouchon en caoutchouc inséré dans son anus.

Elle éprouvait à la fois une douleur et un plaisir extrêmes.

Lentement, son corps a commencé à couler et elle a fermé les yeux.

Son visage reposait sur sa poitrine en position pendante.

Il se pencha en avant et sortit le vibromasseur de son vagin.

Il a fallu un certain temps à son corps pour récupérer.

Puis, rassemblant un peu de force, il leva le cou, ouvrit les yeux et ...

... toutes les lumières de la pièce étaient allumées.

Sous son regard, elle aperçut une quinzaine de chaises, à seulement dix pieds d'elle.

Elle regarda les chaises avec incrédulité et, bien sûr, les personnes qui y étaient assises.

Il y avait des hommes dans la trentaine et la cinquantaine ... et il y avait des femmes.

Ils regardèrent tous Juliette avec joie et admiration.

Paul était assis dans la dernière chaise, la regardant fièrement.

J'étais content de voir Paul.

Mais ensuite, il a rappelé sa propre condition et la récente « exposition ».

Embarrassée, elle baissa le cou, mais ne put bouger ses mains pour couvrir son corps nu.

Et qu'allait-il cacher maintenant?

Après avoir regardé tout le spectacle, ils ...

Avec toutes ces pensées qui lui traversaient la tête, elle sentit l'eau froide derrière elle.

L'étranger, qui jouait avec son corps depuis si longtemps, la « glaçait » avec une pipe à eau à la main.

Elle n'avait pas d'autre choix que de le laisser la baigner avec ses bras et ses jambes attachés.

Tournant son corps nu, il la baigna complètement de la tête aux pieds.

D'abord les restes des cils sur ses fesses, puis le frottement de ses bras et jambes du bandage, les seins et les mamelons qui ont gonflé de la crème et sa manipulation, dans ses deux pores délicats dont elle a subi une attaque inattendue des deux. directions, et sur tout son corps jeune et tendre.

J'avais vraiment besoin de cette eau froide!

Quand elle fut complètement trempée, elle ferma le robinet et s'avança pour desserrer sa prise sur ses jambes.

Julieta écarta ses longues jambes et essaya de se tenir droite.

Puis il détacha la corde qui pendait au-dessus et relâcha ses mains.

La laissant seule un instant, il la rejoignit.

Il tira la table du fond et fit asseoir Juliette dessus.

Il n'y avait aucune force dans son corps, il n'y avait aucun désir dans son esprit de s'opposer à aucune de ses actions!

Il la déposa sur la table et lui attacha les mains.

Cette fois, il enroula les sangles autour de ses cuisses sans attacher ses jambes aux chevilles.

Le vagin de Julieta était maintenant plus ouvert qu'avant, avec les sangles attachées à des crochets de chaque côté de la table.

Maintenant, son vagin rose était visible devant elle, et le bouchon en caoutchouc dans son trou arrière était également visible.

Il l'a laissée dans cet état pendant un moment.

Maintenant, la pensée des gens assis dans la pièce et la regardant la faisait se sentir gênée et aussi excitée.

Se souvenant que Paul était également autour d'elle, elle se pencha en arrière sur la table, attendant la prochaine attaque ...

Et puis elle a senti le contact familier du vibromasseur ... d'abord sur ses jambes, puis sur ses cuisses rebondies, puis sur son ventre plat, autour de ses tétons creux, puis en remontant lentement sur ses deux seins, sur ses tétons serrés.

Il ne pouvait pas croire qu'il pouvait à nouveau s'exciter en si peu de temps.

Il sentit l'écoulement de son vagin couler de ses cuisses épuisées vers son propre anus.

Et elle fut bouleversée par la vue de quinze ou vingt étrangers, hommes et femmes qui la regardaient.

Anxieuse, elle se mit à prononcer:

'Ah ah!'

Soudain, le vibreur s'est déclenché.

L'excitation de Juliette n'était plus dans son corps.

Elle a commencé à crier fort, à crier et à appeler l'étranger à venir et à continuer à la caresser avec le vibrateur.

Quelques secondes ont dû s'écouler puis elle sentit un contact très inconnu et inattendu entre ses deux cuisses ...

Surprise, elle y regarda et vit que le jeune inconnu faisait passer sa longue langue sur son vagin.

Elle sourit et le regarda, puis se pencha en arrière sur la table et détendit son corps.

Il ne lui était plus étranger.

Les autres hommes et femmes de la pièce n'existaient pas pour elle.

Il n'avait même pas de pensées pour Paul dans sa tête.

Sentant le contact de la longue et forte langue du jeune homme, il roula des yeux et se coucha.

Lors du prochain orgasme, elle a gardé un grand sourire sur son visage.

Combien de temps elle léchait son vagin, combien de temps elle était allongée sur la table, éveillée ou endormie ... Je n'avais aucun moyen de savoir.

Tout ce qu'elle savait, c'était qu'ils étaient à nouveau seuls dans la pièce, ses membres étaient libres, le bouchon en caoutchouc avait été retiré de son anus et placé à côté de la table, et l'étranger qui lui avait donné le plus grand orgasme de sa vie. , sans rapports sexuels, il se tenait poliment devant elle.

Il se leva lentement et descendit de table.

Il avait ses vêtements dans ses mains.

Maintenant, alors qu'elle s'habillait, il s'appuyait contre elle ... non pas pour la gêner, mais pour boutonner son soutien-gorge serré.

Il l'a également gentiment aidée à finir de s'habiller.

Après s'être habillé, il a ramené Juliette à la hutte du Gardien.

La même Mercedes noire se tenait devant.

Le chauffeur de Mercedes lui ouvrit la porte et s'arrêta dans l'expectative.

Julieta sourit en se rappelant la gentillesse du chauffeur.

Se retournant, il demanda pour la première fois depuis sa rencontre avec `` l'étranger '',

"Comment tu t'appelles?"

Il a souri.

Il lui prit la main et la serra plus près et dit:

"Mon nom n'est pas important."

Puis elle a juste souri et dit "Merci" et a commencé à marcher vers la voiture.

Paul l'attendait sur le siège arrière de la voiture.

Dès son entrée, Juliette serra Paul dans ses bras.

Paul lui tapota affectueusement la tête et fit signe au conducteur de démarrer la voiture.

La Mercedes noire a recommencé à courir dans les rues étroites de la zone industrielle vers la ville animée.

Paul a pris une caméra vidéo qu'il avait mise de côté et a tenu son écran près de Juliette et a dit:

"Tout ce que vous avez fait depuis que vous êtes sorti de la voiture ... ou tout ce qui vous a été fait est dans cette vidéo. Comme vous êtes courageux."

Juliette se détendait dans ses bras.

Le sourire sur son visage et la satisfaction parlaient pour elle sans rien dire de plus.

La laissant se détendre dans la voiture, Paul la tapota à nouveau et regarda la bande de son courage.

Le plan d'aujourd'hui a été un succès.

J'étais heureux et excité d'être bientôt prêt pour une prochaine aventure incroyable ...

FIN

33

ACCUEIL SAUVAGE
ERIKA SANDERS

35

Susan était allongée sur le canapé en pensant à son partenaire.

Elle l'aimait de tout son cœur et son rêve était qu'il fasse tout ce qu'elle voulait avec des préliminaires.

La lécher et la sucer jusqu'à ce que son niveau d'extase vaille la peine de mourir.

Alors baise-la avec un sexe plus puissant que la création.

Ce fut une nuit tellement ennuyeuse.

Susan était allongée sur le canapé avec son soutien-gorge en soie rose et sa culotte en train de regarder un film.

Mais Susan pensait à son petit ami, son beau corps, ses yeux verts et ses cheveux brun foncé.

La langue de Susan jaillit de ses lèvres en pensant à lui, la luxure remplissant son esprit et son corps.

À ce moment, Susan entendit la porte s'ouvrir, il était enfin là.

Excitée et mouillée, elle se leva d'un bond et courut vers la porte.

Il était là avec son jean et un T-shirt blanc.

Elle entra dans la pièce en remarquant les beaux seins de Susan qui se soulevaient alors qu'ils tombaient presque de son soutien-gorge avec excitation.

La saisissant par la taille, il tira Susan vers lui et l'embrassa profondément.

"Je suis tellement excitée," chuchota Susan avec sa bouche chaude et humide. "Va me faire foutre maintenant."

N'ayant pas besoin d'une deuxième invitation, il poussa Susan vers la table de la cuisine.

Il ôta sa chemise et éteignit les lumières, assombrissant la pièce.

Susan était allongée sur la table, ses mamelons furtivement hors de son soutien-gorge blanc et une tache humide se formant sur sa culotte assortie.

Il s'approcha d'elle, formant une bosse dans son jean.

Il se penche sur Susan embrassant doucement son ventre, léchant le tout.

Susan halète de plaisir et ses mains saisissent sa tête pour le rapprocher.

Il a continué à lécher et à embrasser son ventre, en descendant de temps en temps jusqu'à sa chatte, toujours couverte par sa culotte, pour souffler de l'air chaud sur elle.

Il saisit ses sous-vêtements avec ses dents, les tirant vers le bas d'un mouvement rapide.

Il les jette sur la table et renifle leur pubis.

Susan commence à gémir et à respirer fortement.

Enterrant son visage dans sa chatte humide, il lève la main pour retirer son soutien-gorge.

Les seins pointus de Susan débordent sur ses mains douces.

Il lécha doucement une nouvelle fois la fente de Susan avant de s'approcher du réfrigérateur.

L'ouvrant, il sortit un bol de fraises. Il en prit deux, en plaçant un sur le ventre de Susan et l'autre entre ses seins.

Il lécha la fraise sur son nombril, la mangeant plus tard.

Il a continué à lécher son corps de bas en haut et est finalement passé à la fraise suivante.

Léchant le décolleté de Susan, il déplace la fraise de haut en bas entre ses seins.

Susan gémit à la sensation inhabituelle.

Il continue de déplacer la fraise de plus en plus bas sur le corps de Susan, jusqu'à ce qu'il atteigne sa chatte en poussant la fraise avec sa langue.

Susan haleta et il put voir sa chatte se contracter avec la fraise couverte de son jus.

Il poussa la fraise plus profondément dans sa chatte.

Il la couvrit de sa bouche, suçant doucement jusqu'à ce que la fraise soit de retour dans sa bouche; maintenant couvert de jus de la chatte de Susan.

Sirotant la fraise, elle en mangea et bougea pour retourner Susan sur son ventre.

Avec ses fesses en l'air, elle l'a caressé.

Il a giflé doucement Susan sur le cul, avant de plonger dans ses fesses et de la lécher, laissant des ventouses partout sur ses fesses.

A proximité se trouvait un pot de miel, il tendit la main et le frotta sur les lèvres de Susan.

Puis il enfonça sa langue au plus profond d'elle, faisant gémir Susan.

Il suça sa langue profondément dans sa chatte.

Gémissant bruyamment, Susan a déclaré:

"Va me faire foutre maintenant."

Il ôta son jean, sa bite sur le point d'exploser.

Désormais nue, sa queue ressort grande et forte.

Il attrapa Susan, passant ses mains sur l'intérieur de ses cuisses en plaçant son sexe juste à l'intérieur de son entrée.

Il se frotta la tête contre son humidité; Doucement, il écarta les lèvres et fit doucement glisser la tête de son membre.

Un gémissement s'échappa des lèvres de Susan lorsqu'elle sentit la pointe de son membre entrer en elle.

Susan gémit plus fort alors qu'elle glissait le reste de son énorme bite dure dans sa chatte.

Alors que tout le monde la remplissait, elle serra les murs de sa chatte, lui faisant maintenant gémir.

Il a commencé à pomper sa bite dans et hors de la chatte de Susan, conduisant de plus en plus à chaque coup.

Il a continué à lui pilonner la chatte, faisant gémir Susan de plus en plus fort.

Saisissant ses cuisses, il frappa plus fort que jamais, grognant en envahissant le corps de Susan avec son énorme bite.

Susan a crié:

"C'est si bon bébé, baise-moi plus fort."

Il a martelé sa bite plus fort dans la chatte de Susan, sentant l'accumulation de sperme à la base de sa bite.

Ses couilles frappant les fesses de Susan avec le mouvement de lui.

Susan laissa échapper un long gémissement et commença à avoir un orgasme sauvage, sa chatte serrant sa bite, alors il commença aussi à avoir un orgasme.

Le sperme jaillit de sa bite, la première giclée pénétrant la chatte de Susan.

Mais il se retira, laissant le reste pulvériser son corps.

Juste au moment où son orgasme commençait à se calmer, il enfonça ses doigts dans sa chatte en les pompant rapidement, envoyant à nouveau Susan à l'orgasme.

Gémissant et se déplaçant à travers la table, Susan le tira sur elle et l'embrassa profondément.

Sa sueur et son sperme se mélangèrent entre les deux corps.

Après les avoir relaxés, il a dit:

"C'est agréable d'être reçu comme ça".

FIN

41

TRAHI
ERIKA SANDERS

43

Chapitre I

Becky entendit le son de la clé dans la serrure.

Il descendit les escaliers, alluma la lumière du couloir et ouvrit la porte.

Jack était là sous la pluie, le capuchon au-dessus de sa tête, la clé s'arrêtant dans sa main alors que ses yeux sombres la fixaient.

"Oh mon Dieu, tu es venu," dit joyeusement Becky.

Elle sauta en avant et enroula ses bras autour de ses épaules, le serrant dans ses bras, sentant la pluie qui recouvrait son manteau s'infiltrer dans le haut de ses vêtements moulants.

Elle s'en fichait.

Son homme était là et c'était tout ce qui comptait.

Elle libéra Jack d'une étreinte effusive et posa ses mains trempées sur son visage.

Son expression sérieuse n'avait pas changé.

"Qu'est-ce qui ne va pas?", Dit-elle.

"Nous devons parler."

Becky sentit son estomac trembler, mais elle s'écarta pour laisser entrer Jack et retirer ses bottes mouillées.

Elle entra dans le salon, se frottant nerveusement les bras en attendant que Jack lui annonce la mauvaise nouvelle, quelle qu'elle soit.

Ensuite, il entra dans le salon, toujours avec une expression sérieuse sur son visage décharné.

"Donnez-nous un verre s'il vous plaît," dit-il.

Becky se dirigea vers le chariot à alcool et servit deux brandies.

Sa main trembla alors qu'il tendait l'un des verres et but le sien rapidement.

Jack s'approcha de la chaise dans ses chaussettes plutôt humides.

L'image qu'il donnait comme ça était un peu drôle.

Elle aurait ri s'il n'y avait pas eu le moment de tension.

Il s'assit sur le bord du siège, pas accommodant, ne retirant pas son manteau alors qu'il se préparait à annoncer la mauvaise nouvelle.

Il prit une grosse gorgée de cognac avant de parler.

"Elle sait tout sur nous," dit-il après avoir pris l'alcool avec un dernier soupir.

Becky sentit ses genoux s'affaiblir, son cœur s'emballer.

Un autre verre de cognac a été versé.

Il se dirigea vers le canapé en face de Jack et s'assit.

"Comment?" Dit-il après une autre gorgée du liquide chaud.

"J'ai dit."

Becky fronça les sourcils.

"Tu lui as dit? Pourquoi diable?

"Je n'en pouvais plus."

Becky s'est levée.

Dites-moi que vous vous moquez de moi, Jack.

Il secoua la tête pour le nier.

«Pourquoi diriez-vous à votre femme que vous la trompez?

Jack leva les yeux de ses sourcils broussailleux qui le faisaient ressembler à un chiot espiègle.

"Je ne pouvais pas la voir indifférente et calme alors qu'elle continuait à cacher notre sale secret."

«Notre sale secret, c'est tout pour lui? Pensa Becky.

"Eh bien, qu'est-ce qu'elle a dit?" Dit Becky, prétendant qu'elle n'avait pas entendu le dernier commentaire alors qu'elle marchait d'un côté à l'autre de la pièce.

"Elle est prête à nous donner une autre chance. Si ça s'arrête."

Becky s'arrêta de marcher et regarda le visage de Jack.

«Nous? Voulez-vous dire que vous et elle êtes ensemble après lui avoir dit?

Jack acquiesça.

«Vas-tu juste me laisser comme ça? Pourquoi dit-elle cela?

"Elle est mon épouse."

«Et qu'étais-je?

«Tu sais ce que c'était. Je t'ai dit que je ne quitterais jamais ma femme. C'était toujours des relations sexuelles entre toi et moi.

«Vous savez ce que c'était. Passé. C'était déjà fini dans son esprit. Comment aurait-il pu me faire ça? '

Malgré le fait qu'il avait dit qu'il n'allait jamais quitter Mary, Becky pensait que cela pourrait le convaincre qu'elle était vraiment la femme dont il avait besoin.

Et ce n'est pas comme ça?

Cela ne semblait pas.

Jack avait fini son verre et s'était levé pour partir.

Becky s'approcha de lui.

"C'est tout, alors?" Dit-elle en le regardant avec colère. «Voudriez-vous le laisser tomber comme ça et partir?

Jack soupira alors qu'il la tirait pour se diriger vers le couloir.

«Becky, j'ai des enfants», dit-il, exaspéré maintenant.

Oh non, il n'allait pas s'en sortir facilement.

Avant tout c'était des compliments et des messages moqueurs et érotiques, avec de nombreux baisers à la fin pour me ravir.

C'est ce que chacun fait, pour obtenir ce qu'il veut.

Puis, quand ils en ont assez, ils se mettent sur la défensive et essaient de se débarrasser de vous.

Le vrai visage de Jack était maintenant montré.

Elle n'avait été qu'un morceau de viande pour lui, une baise facile.

Écume.

Une pute.

C'était la façon dont les hommes l'avaient toujours traitée. Jack n'allait pas être différent.

"Et alors? Beaucoup de gens divorcent aujourd'hui. Les enfants s'en remettent. Ils ont toujours leurs deux parents," dit-elle froidement.

"Ce sont des enfants, Becky," claqua Jack. "Ils ont besoin d'une famille. Sécurité. Un père qui est toujours là. Pas un qui se présente plusieurs fois par semaine."

Et moi? pensa-t-elle un peu égoïstement.

La femme qui ne peut pas avoir d'enfants.

La femme qui sera toujours et toujours stérile en permanence, incapable de donner une famille à un homme.

Le phénomène.

Le rare.

Celui qui n'est bon que pour s'amuser, pour baiser.

Qui l'aimerait vraiment?

«J'irai chez vous», menaça-t-il. «Je vais lui dire ce que nous avons fait. Comment tu m'as emmené dans les bois dans ta voiture et tu m'as baisé sur la banquette arrière. Où ses enfants sont assis tous les jours pendant le voyage à l'école. Comment tu m'as emmené dans le même restaurant où tu lui avais proposé Voyez si elle change d'avis alors. "

Jack se retourna à l'entrée, ses doigts quittant la capuche qu'il s'apprêtait à soulever au-dessus de sa tête.

"Tu ne le feras pas".

"Regarde moi."

Becky a vu, pour la première fois, un regard dans les yeux de Jack qu'elle avait vu chez de nombreux hommes auparavant.

Dégoûter.

Ce qu'ils avaient eu entre eux, quoi que ce fût pour lui, avait disparu.

Elle savait qu'elle ne récupérerait jamais ça.

Sa lèvre supérieure se recourbait alors qu'elle passait la capuche au-dessus de sa tête et se penchait pour attraper ses bottes.

Becky sentit la chaleur disparaître de sa chair, la sensation froide d'être laissée pour compte revenir.

Abandon.

Elle l'avait ressenti trop de fois auparavant.

«Vous ne pouvez pas simplement me quitter, Jack,» plaida-t-elle, sentant le flot familier de larmes jaillir de ses yeux.

"C'est fini," dit-il brusquement, sa voix enroulée de colère.

«Ne me fais pas ça, Jack. S'il te plaît!

Il noua le lacet de sa botte et se redressa, la regardant sous l'abri de sa capuche.

"Ne t'approche plus de moi ou de ma famille. Si tu le fais, j'appelle la police."

Il leva la main et laissa tomber sa clé sur le sol.

La clé qu'elle lui avait donnée dans l'espoir qu'il verrait cela comme sa véritable maison, où il finirait par venir vivre en permanence.

C'était le dernier coup dans son cœur.

Il tira sur la porte et fit un pas rapide dans le jardin.

Becky se tenait sur le paillasson, ses joues scintillantes de larmes dans la lumière vive du salon, regardant sa grande silhouette traverser la pluie.

Loin d'elle.

De retour dans sa famille.

Hors de sa vie pour toujours.

Chapitre II

Becky regarda à l'intérieur de son verre et sentit sa tête tourner.

Le whisky laissa un goût amer et amer sur sa langue.

Les doigts tremblants sur le verre, elle le ramassa et le jeta sur le mur de la cheminée.

Il est entré en collision avec le miroir, faisant exploser des éclats de verre puis tombant en cascade sur le sol et la moquette épaisse.

Elle sauta du canapé et se dirigea vers le téléphone.

Les larmes lui montèrent aux yeux lorsqu'elle attrapa l'écouteur, mais elle dit qu'elle n'allait plus pleurer.

Elle se mordit la lèvre, composant le numéro avec détermination.

Après quelques instants, une voix masculine aiguë répondit.

"Salut?"

« Harry, c'est Becky, » dit-il, étouffant son ivresse avec un soupir.

"Becky? Jésus, pourquoi appelez-vous maintenant? Il est deux heures du matin."

"Désolé. J'ai juste ... j'ai besoin d'être avec quelqu'un."

"Quoi? Maintenant?"

"Oui."

Il entendit un bruissement à l'autre bout de la ligne, le bruissement de sa gorge sèche à cause des cigarettes d'Harry alors qu'il se déplaçait autour du lit.

« Tu me réveilles vraiment pour une baise au milieu de la matinée?

Becky sentit un nœud dans son estomac à ses mots.

Et si elle n'avait vraiment pas besoin de quelqu'un pour se satisfaire?

Cependant, cela ne dérangeait pas Harry.

C'était juste un homme typique avec une seule chose en tête.

Elle a arrêté la tentation d'exploser.

"Pourquoi pas? C'est un moment aussi agréable qu'un autre," dit-elle, un peu agitée.

"Je dois être réveillé à six heures."

"Et alors? Tu peux dormir demain soir. Et au moins tu iras travailler satisfait au lieu de bâiller."

"Je suis dévasté en ce moment. La seule façon de ne pas bâiller au travail est de dormir quelques heures de plus et non de faire de l'exercice."

Becky pinça ses lèvres de frustration et attrapa ses cigarettes qui étaient placées à côté du téléphone.

Il en alluma un et prit une longue et profonde succion, puis frotta son pouce contre sa tempe en libérant l'épaisse fumée.

«Je ferai ce que tu veux», dit-il, et la nicotine lui a donné assez de force pour essayer de le séduire.

"Le quoi?" Dit Harry.

«Je vais te mettre la langue dans le cul. Je te mangerai comme un homme mange une femme.

Il y eut une pause et il pouvait sentir Harry penser à l'autre bout.

Peu de femmes étaient disposées à manger le cul d'un homme et Harry avait un anus particulièrement sensible, sa langue avait la capacité de faire plier et crier tout son corps en même temps.

Cependant, il semblait qu'il était vraiment fatigué ce soir. Même cela ne suffisait pas pour le tenter.

«Oh Becky. Tu n'aurais pas pu appeler un meilleur moment?

«Je vais mettre ma laisse. Je vais te donner une longue baise hard. C'est ce que tu veux, Harry? Une. Longue. Dur. Baisée.

Harry avait l'air nerveux et agité quand il répondit.

Becky savait que sa bite était dure comme une pierre sous les couvertures devant son courage explicite et sale.

Mais peu importe ce avec quoi elle essayait de le tenter, il semblait qu'il n'allait pas bouger.

"Désolé, Becky. Je vais devoir passer. Et vendredi soir?"

Becky a vu le cendrier sur la table basse et a écrasé sa cigarette.

«Tu es comme tous les hommes, n'est-ce pas? Tu penses que je vais courir quand tu dis. Eh bien, tu sais quoi, Harry? Tu peux te foutre en l'air. C'était ta dernière chance et tu viens de tout foutre en l'air.

«Quoi... Becky?

«Bye Harry. Dors profondément si tu peux. Merde!

Il a claqué le téléphone sur le récepteur.

Becky s'assit sur le lit pendant un moment, son cœur battant la chamade, son sang bouillant, un million de pensées différentes se disputant la priorité dans sa tête.

Comment ont-ils pu lui faire ça?

Encore et encore.

Et pourquoi a-t-elle continué à les laisser faire?

Tomber dans le même vieux piège encore et encore.

Elle savait ce que les psychiatres diraient.

Vous ne vous valorisez pas assez.

Comment peut-elle s'attendre à recevoir du respect alors qu'elle ne se respecte même pas?

Eh bien, c'est facile à dire pour eux.

Ils veulent savoir ce que c'est que de se sentir comme une pute qui laisse les hommes utiliser son corps comme si c'était un chiffon sale.

Une mère qui allait baiser avec ses petits amis et qui laissait sa fille seule à la maison, froide et affamée sans personne qui la voulait.

Une femme qui l'a convaincue pendant des années que son père ne l'aimait pas.

Qu'il les avait abandonnés à cause de lui.

Quand la vérité était, il était intimidé par la soumission à laquelle il était soumis et trop terrifié pour retourner à son règne de terreur.

Becky enfouit son visage dans ses mains et laissa des larmes inonder ses paumes.

Tu m'as quitté, papa.

Comment as-tu pu me laisser avec cette chienne psychopathe?

Elle s'assit et se força à arrêter les larmes.

La tristesse s'est transformée en colère comme le basculement d'un interrupteur.

Son père était un putain de lâche.

Comme tous les hommes.

Ils marchaient contrôlés par les balles qui se balançaient entre leurs jambes, mais ils n'avaient pas le courage de les utiliser.

Seule une femme pouvait le faire.

La douleur était trop forte.

Becky avait besoin de sexe.

C'était la seule chose qui la calmerait.

Le sexe soulagerait la douleur en elle.

Douleur de ne pas être aimée et d'être rejetée, ce qui la faisait se sentir comme une salope sale et jetable.

Pendant quelques brefs instants, un baiser passionné, une envie lubrique de l'amener à l'orgasme, et elle se sentirait guérie.

Tout va bien à nouveau.

Aimé.

Le seul problème était que c'était devenu une dépendance.

Et une fois que tout était fini, après que les hommes soient partis et soient revenus avec leurs femmes ou la femme suivante disposée à écarter les jambes, cet endroit sombre revenait.

Jusqu'à la prochaine solution.

Becky n'en pouvait plus.

Assez c'était assez.

Cette fois, quelqu'un allait payer.

Chapitre III

La vengeance est douce.

Ou c'est ce qu'ils disent.

Becky réfléchit à cela en brossant ses longs cheveux noirs dans le miroir de la commode.

Elle était nue, à part une culotte noire ornée d'un petit nœud rouge.

Ses seins de quarante-trois ans étaient aussi fermes que ceux d'une femme de dix ans sa cadette.

C'était l'un des aspects positifs de ne pas pouvoir avoir d'enfants.

Il a conservé sa silhouette et ses splendides charmes plus longtemps.

Alors que les poils de la brosse glissaient dans ses cheveux, elle éprouva un calme qu'elle n'avait pas ressenti depuis des années.

Quelque chose se générait enfin en elle.

Vous ne serez plus une victime.

Elle se débattait.

Elle allait être une guerrière.

Elle a sélectionné un bâton de rouge à lèvres rouge foncé de son maquillage et l'a soigneusement appliqué sur ses lèvres, ajoutant un peu de plénitude donnant un millimètre supplémentaire sur le pourtour.

La couleur complétait ses cheveux foncés et sa peau olive, lui donnant un look légèrement méditerranéen qui n'aurait pas pu être plus éloigné de son héritage britannique.

Elle devait admettre qu'elle avait l'air bien.

Elle avait peut-être une voix un peu rude pour tant de cigarettes et une putain d'enfance, sans parler de boire, mais elle savait comment se présenter pour avoir des relations sexuelles.

Elle avait appris cette compétence de sa mère, et quand elle a réalisé à quel point les filles du Nord étaient coriaces, elle avait également appris à l'utiliser à son avantage.

Les filles sexy avaient du pouvoir.

Ils pouvaient contrôler les hommes avec leur corps, leur odeur et un regard provocateur.

Lorsque Becky y réfléchit, elle réalisa que c'était ce qui lui avait permis de survivre pendant tant d'années.

Il se leva et se dirigea vers le grand miroir.

Inclinant sa tête sur le côté, elle prit ses seins en coupe.

Il fit la moue avec ses lèvres fraîchement peintes.

Oui, ça avait l'air assez bon pour manger quelque chose d'appétissant.

Et pour te manger aussi, pensa-t-elle avec un rire sensuel.

Sur le lit se trouvait une robe rouge.

Court.

Très provocateur.

Décolleté bas pour montrer ses seins.

Elle a glissé ses pieds nus en lui et l'a tiré le long de son corps.

Se regardant dans le miroir, elle se retourna et le boutonna.

Il admirait le tissu soyeux, froissé au niveau des hanches, accentuant sa forme typique de sablier.

À côté de la porte, il y avait une rangée de chaussures à talons hauts.

Becky s'approcha et glissa ses pieds dans une paire rouge.

La couleur de ce soir était écarlate.

Rouge pour le sang et le meurtre.

Chapitre IV

Le chauffeur de taxi s'est arrêté devant le club.

Becky a remarqué qu'il y avait deux gorilles près des portes.

Il paya le chauffeur de taxi et sortit dans la rue éclairée par le réverbère, l'air doux touchant ses épaules nues alors que la musique du club résonnait sous ses pieds.

Elle ferma la porte du taxi et se dirigea vers l'entrée, plaçant la bandoulière de son petit sac rouge sur son épaule.

Meeting Place était un club de gentlemen moderne apparu dans la ville il y a quelques années.

Des hommes de tous âges s'y rendaient dans leurs dernières tenues, trempées dans des flacons de lotion après-rasage, essayant d'attirer les filles du Nord qui venaient à son parfum comme des chiennes en chaleur.

Becky ne faisait pas exception.

Mais ce soir, elle avait son esprit tourné vers un homme en particulier.

L'endroit était une ruche d'activité, occupé pour une nuit en milieu de semaine.

Un chanteur se produisait sur scène d'un côté de la salle et le bar de l'autre était plein de gars plus âgés penchés sur des verres à bière.

Des hommes et des femmes étaient assis dans un grand espace plein de tables au centre de la salle, bavardant et regardant vers la scène.

Becky est allée au bar et a appelé un beau jeune barman avec une coupe de cheveux en bec de veuve.

"Est-ce que Ricky est ici ce soir ?" Demanda-t-elle.

Le serveur hocha la tête. "Derrière."

Becky lui fit un sourire et s'éloigna du comptoir, remarquant que les yeux des hommes plus âgés étaient passés de leurs boissons à elle.

Il s'assura qu'ils avaient une bonne vue de ses fesses alors qu'il disparaissait dans un couloir qui menait aux bureaux à l'arrière.

Ricky Morris était le propriétaire de cinq boîtes de nuit dans la région du Maine.

Il avait gagné son argent grâce à des accords peu fiables dans les années 1990 et avait ouvert la chaîne de clubs pour hommes qui avait été un succès instantané auprès des garçons espiègles du Nord.

Il était également connu pour travailler avec des strip-teaseuses et des prostituées, leur fournir des clients et réduire leurs profits.

Becky l'a rencontré il y a deux ans lors du lancement de Meeting Place.

De toutes les jolies femmes et jolies filles qui étaient là ce soir-là, c'était elle qu'il s'était approchée.

Peut-être reconnaissait-il en elle quelque chose de lui-même, un trait masculin qui faisait appel à sa nature ambitieuse et entreprenante.

Une femme qui ne s'inclinerait pas ou ne se flatterait pas pour son argent et sa beauté.

Une femme qui jouerait dur pour obtenir ce qu'elle voulait.

Becky a frappé à sa porte, mais n'a pas attendu de réponse.

En entrant dans la pièce, il a vu un éclair de viande et a senti l'odeur incomparable du sexe.

Une femme dans la vingtaine était allongée sur le bureau, ses seins nus exposés à travers une robe qui était toujours enroulée autour de sa taille.

Ricky la baisait debout, un pantalon noir autour de ses chevilles, de la sueur brillant sur sa tête rasée.

Il tourna la tête à l'interruption.

"Merde." Il se détourna de la femme et Becky vit sa grosse bite, gonflée d'excitation, glissante avec le jus de la femme.

Quand il vit qui était entré dans la pièce, il soupira, se pencha et remonta son pantalon.

La femme à table se couvrit les seins, essayant de cacher son embarras par un rire sensuel.

Petite salope, pensa Becky en entrant sans honte dans le bureau.

Ricky fermait la ceinture de cuir autour de sa taille quand il secoua la tête pour que la fille parte.

Couvrant toujours ses seins, elle se glissa discrètement de la table, ramassa ses chaussures à talons hauts et sortit de la pièce sur la pointe des pieds.

Ricky fit le tour de son bureau, jetant un coup d'œil à Becky, le visage rouge.

Il sortit un mouchoir de la poche de sa chemise, essuya son front et fouilla dans un tiroir pour récupérer un étui à cigarettes en argent.

«A quoi dois-je le plaisir?» Dit-il en ouvrant la boîte et en sortant une cigarette colorée.

Il en a offert un à Becky.

Elle garda les yeux sur lui alors qu'il se dirigeait vers le bureau et prenait une des cigarettes.

C'était écarlate.

"Vérifier à nouveau la qualité de la marchandise?" Dit-il en plaçant la cigarette rouge entre ses lèvres.

Ricky plissa ses yeux bleus perçants en allumant sa cigarette, puis tint le briquet pour allumer Becky.

"Quel est votre but de m'interrompre, en venant ici sans avertissement?"

Becky a attiré un peu de la cigarette allumée.

Elle souffla la fumée qui rampait vers le plafond en un mince fil.

"Je vois que tu as été occupé ces derniers temps."

Elle regarda la table avec un sourire.

Les empreintes de sueur à l'endroit où se trouvaient les fesses de la femme étaient toujours présentes à la surface du verre.

Ricky s'assit lourdement.

Becky pouvait presque entendre son cœur battre, le sang circulant toujours autour de son corps à cause de l'interruption de la session sexuelle.

Il l'étudia avec curiosité.

"Tu as déjà fini?"

Becky secoua la tête.

"Et alors? Je remarque quelque chose de différent chez toi."

Becky jeta ses cheveux en arrière et regarda le grand bocal à poissons qui brillait derrière la tête de Ricky.

Gros poisson dans un tout petit étang, pensa-t-il ironiquement.

Il pouvait avoir de l'argent et du pouvoir sur les femmes, mais assis sur sa chaise sans aucune idée de ce qui allait se passer, il était aussi faible et pathétique que n'importe quel autre homme.

«Je suppose que ça doit être à cause de la météo du mois», dit-il sèchement.

Il retira le sac de son épaule et le plaça soigneusement sur la surface en verre de la table.

Ricky observa ses mouvements avec intérêt.

Il fit le tour du bureau et posa ses fesses sur son bord dur.

Ricky fit pivoter sa chaise, se pencha en arrière et l'étudia.

«Vous avez hâte d'y être,» dit-il prudemment.

"Quand suis-je pas?" Répondit-elle.

Ricky sourit.

Il adorait ça chez elle.

Cet appétit audacieux et volontaire pour le sexe.

Surtout d'une femme.

Cela l'a rendu dur en quelques secondes. Becky a attendu de voir sa bite se réveiller alors qu'elle bougeait son corps pour révéler ses seins.

"Vous êtes une pute", a déclaré Ricky. "Rien ne vous arrête, n'est-ce pas? Même pas des secondes insouciantes chez une petite salope.

"Elle n'était que l'apéritif. Je suis le plat principal. Le vrai sexe."

Becky remonta la robe sur sa cuisse et passa ses doigts entre ses jambes.

Elle avait enlevé sa culotte avant de quitter la maison, elle avait donc un accès facile aux lèvres nues entre ses jambes.

Il regarda Ricky et prit une autre bouffée sur sa cigarette.

Le renflement qui ne cessait de grossir dans son pantalon lui disait qu'il prévoyait d'être à l'intérieur d'elle en quelques secondes.

Sa chatte s'humidifia à cette pensée, intensifiée par le fait de savoir que cette fois la satisfaction serait plus douce que toute autre.

Elle posa ses mains sur la surface en verre, laissant des traces collantes de sa chatte musquée, et manœuvra pour se positionner directement devant Ricky.

Elle posa les deux talons sur les bras de la chaise, écartant ses jambes pour lui donner une vue complète de ce qu'il y avait entre ses jambes.

L'excitation passa dans les yeux de Ricky alors qu'il baissait les yeux et vit le bonbon caché sous la petite robe rouge.

"Qu'est-ce que je suis censé faire avec ça?" Dit-il sardoniquement, haussant les sourcils.

Avec ses coudes sur la table, Becky a quand même réussi à fumer en répondant avec un sourire sensuel.

Sans mots.

Ricky écrasa sa propre cigarette, l'écrasant sans vergogne sur le verre.

Elle respirait par les narines, peut-être pour avoir un goût parfumé de ce qui allait venir, trempant ses longs doigts devant ses belles lèvres.

"Je vais te manger jusqu'à ce que ta chatte goutte dans ma bouche."

Becky picota sur sa vulve en resserrant ses muscles.

Elle avait toujours aimé un garçon qui aimait manger de la chatte.

Ricky était heureux de saturer son visage de son jus, faisant des choses avec sa langue qui le renverraient ailleurs.

Ce serait la voie la plus humaine, pensa-t-il.

Peur euphorique.

Ses grandes mains touchaient ses genoux et écartaient encore plus ses jambes.

Becky le regarda avec une fascination sombre, évaluant l'excitation dans ses yeux d'acier.

Il se lécha les lèvres avec espièglerie.

Becky sourit sciemment.

Alors avant qu'elle ne puisse faire quoi que ce soit d'autre, sa tête était entre ses jambes et sa langue chaude et humide se frayait un chemin en elle.

La tête de Becky retomba alors qu'elle haletait de plaisir.

"Oh merde."

Ricky secoua la tête avec voracité, léchant sa viande collante.

Mangez, goûtez, respirez son parfum musqué.

«Délicieux», l'entendit Becky dire avec son accent profond du Vermont.

Il n'allait même pas à distance savourer quelque chose d'aussi délicieux que sa douce vengeance, pensa-t-il.

Ricky a ouvert son pantalon et a sorti sa bite, la branlant avec des mouvements rapides et durs de son poignet.

Becky se demanda brièvement s'il préférait sa chatte à celle qu'il avait baisé quelques minutes auparavant.

Puis elle a décidé qu'elle ne s'en souciait plus.

Tous les hommes étaient égaux.

Des idiots qui abusent des putes et sucent des chattes. Même s'ils avaient la capacité de vous envoyer dans des endroits dont vous ignoriez l'existence.

La langue de Ricky était divine!

Becky baissa les yeux et vit le cuir chevelu rond et brillant monter et descendre.

C'était son moment.

Prenant une profonde inspiration, elle s'arrêta un instant, puis rapprocha ses cuisses d'un mouvement rapide, refermant le cou de Ricky entre ses jambes.

Il s'étrangla et essaya de s'éloigner, mais en vain.

Becky fouilla dans le sac rouge et en sortit un couteau.

Elle attrapa la poignée à deux mains et la souleva au-dessus de la tête de Ricky.

Il a continué à babiller, saisissant ses cuisses pour les ouvrir.

Mais elle ne pouvait pas le faire.

Elle ne pouvait pas laisser tomber le couteau sur sa tête.

Maintenant que le moment était là, cela ne ressemblait plus à un fantasme.

C'était comme un cauchemar.

Elle n'était pas un assassin.

Elle ne pouvait pas devenir quelque chose qui ne l'était pas.

Ils l'avaient tuée à l'intérieur et elle les méprisait pour cela, mais tuer de sang-froid lui faisait autre chose.

Cela faisait d'elle moins qu'eux.

Becky relâcha la pression de ses cuisses sur la tête de Ricky.

Il sortit du piège, haletant et se frottant le cou.

"Folle de salope," hurla-t-il. "Que vous jouez?"

Becky avait déjà caché l'arme dans son sac avant que Ricky ne crache sa colère.

"Je pensais que tu aimerais essayer quelque chose d'un peu dur," haleta-t-elle, faisant de son mieux pour cacher la peur dans sa voix.

Ricky écarta les jambes et se leva.

"Je ne pouvais pas respirer!"

Becky tripota sa robe et descendit de la table en verre.

Alors qu'il se levait, il remarqua l'expression de doute dans les yeux de Ricky.

"Oh allez," dit-elle. "C'était plutôt amusant."

Il réussit à garder un sourire alors que son cœur battait frénétiquement dans sa poitrine.

Ricky ne dit rien, cherchant dans ses yeux une sorte de tromperie.

Il serait le seul à avoir du sang sur les mains s'il savait qu'elle avait prévu de le tuer.

Becky se dirigea vers lui et se pencha près de son visage.

Elle embrassa sa joue rougissante, laissant sa lèvre écarlate imprimée sur sa peau.

"J'en ai assez pour aujourd'hui. Je serai mieux", dit-elle.

Elle prit son sac sur la table et se dirigea vers la porte.

Elle pouvait sentir les yeux de Ricky rivés sur elle.

Pénétrant.

Accusatoire.

"Attends," dit-il.

Becky s'arrêta.

Son cœur se figea.

Lentement, il se retourna.

Le contour sombre de Ricky était bordé par la lueur brillante de l'eau de l'aquarium alors qu'il attendait qu'il parle.

«Vous voudrez votre argent», dit-il.

Becky fronça les sourcils.

"Quel argent?"

"Je paie toujours mes filles préférées."

Becky étudia ses yeux.

Que faisait-il?

"Vous ne l'avez jamais fait auparavant."

"Il est temps que je le fasse."

Il prit un chéquier sur le bureau.

Il sortit un stylo de la poche de sa chemise et y griffonna quelque chose.

Quand elle l'a tendu à Becky, elle a senti son cou lui démanger.

Ricky lui a donné le chèque.

Becky l'a pris et a regardé le montant.

Quarante mille dollars.

Elle pâlit et regarda Ricky avec incrédulité.

«Pour les services dus», dit-il.

Becky se retourna vers la forte silhouette.

Quarante mille dollars.

Il paierait son hypothèque.

Elle pourrait avoir une nouvelle voiture.

Flotter.

Acheter de nouveaux vêtements.

Chaussures de créateurs.

Ricky ne souriait pas en la regardant étudier le chèque.

Le regard qu'elle lui lança était inquiétant.

Becky regarda nerveusement ses yeux bleu acier.

Il savait qu'elle avait essayé de le tuer.

Il le payait.

Prends l'argent, laisse-moi tranquille, ne viens pas.

Elle ne voulait pas le décevoir.

Il parvint à sourire puis se tourna pour quitter la pièce, sa main tremblante tenant toujours sa nouvelle fortune.

FIN

67